Cordéis que educam e transformam

Costa Senna

Cordéis que educam e transformam

Ilustrações
ERIVALDO

© Costa Senna, 2020

1ª Edição, Global Editora, São Paulo 2012
9ª Reimpressão, 2025

Jefferson L. Alves – diretor editorial
Flávio Samuel – gerente de produção
Arlete Zebber – coordenadora editorial
Ana Carolina Ribeiro – preparação
Luciana Chagas – revisão
Erivaldo – ilustrações
Antonio Silvio Lopes – editoração eletrônica

CIP-BRASIL. CATALOGAÇÃO NA PUBLICAÇÃO
SINDICATO NACIONAL DOS EDITORES DE LIVROS, RJ

S481c

Senna, Costa, 1955
 Cordéis que educam e transformam / Costa Senna ;
[ilustrações de Erivaldo]. – São Paulo : Global, 2012.
 il.
 ISBN 978-85-260-1679-8

 1. Poesia brasileira. I. Título.

12-1583.   CDD: 869.91
                                            CDU: 821.134.3(81)-1

Obra atualizada conforme o
NOVO ACORDO ORTOGRÁFICO DA LÍNGUA PORTUGUESA

Global Editora e Distribuidora Ltda.
Rua Pirapitingui, 111 – Liberdade
CEP 01508-020 – São Paulo – SP
Tel.: (11) 3277-7999
e-mail: global@globaleditora.com.br

- grupoeditorialglobal.com.br
- @globaleditora
- blog.grupoeditorialglobal.com.br
- /globaleditora
- /globaleditora
- @globaleditora
- /globaleditora
- @globaleditora

Direitos reservados.
Colabore com a produção científica e cultural.
Proibida a reprodução total ou parcial desta
obra sem a autorização do editor.

Nº de Catálogo: **3370**

Agradecimentos

Os trilhos da dignidade

Professores e professoras, por vocação, vivem initerruptamente os bem-aventurados desafios na busca do aprimoramento da personalidade humana.

Uma pitada do professor aflora a imaginação, amplia o conhecimento, fortalece o saber, excita a reflexão.

Uma pitada do professor media conflitos, dá asas à sensibilidade, aprimora as ideias e expressa emoção.

Uma pitada do professor acolhe as diferenças, escreve, ilustra, ensina, encena, cultiva felicidade, cria fascinação.

Por tanta sublimidade, comemoremos o dia do professor em todos os dias do ano!

São eles os operários, os camponeses, os mestres responsáveis pelo aperfeiçoamento da felicidade, dos sonhos da humanidade.

Suas virtudes, suas doações os tornam insubstituíveis, inesquecíveis.

Uma pitada de professor, de professora rega a semente do saber. Sem tinta ou sem giz, escrevem no quadro da alma de todos os povos e multiplicam as coisas boas da vida.

Parabéns, professores!

Parabéns, professoras!

Vocês são guerreiros e guerreiras fiéis que lutam incansavelmente, buscando colocar o mundo nos trilhos da dignidade!

Costa Senna

Sumário

Apresentação — 9

Quatro temas sociais — 11
    Mulher — 13
    Ética e cidadania — 15
    Etnia — 17
    Violência — 19

A saga da humanidade — 21

Uma viagem na história — 35

Nas asas da leitura — 45

Os atropelos do português — 55

Viagem ao mundo do alfabeto — 65

A matemática em cordel — 73

O educador Paulo Freire — 95

Água, a mãe da vida — 105

A fonte da juventude — 115

Criança, que bicho é esse? — 125

APRESENTAÇÃO
O CORDEL QUE CORRE NAS VEIAS

Este livro, *Cordéis que educam e transformam*, do Costa Senna, me faz querer esquecer meu lado de crítico literário e voltar às raízes, onde o que conta é a poesia pura. A que tem utilidade pública, que procura fazer do mundo um lugar melhor para se viver. A poesia que ensina crianças, jovens e adultos a se tornarem homens e mulheres de verdade.

O cordel é irmão siamês da Poesia. Talvez seja ele a semente da reflexão que faz com que cheguemos a outras formas de literatura. Não sou cordelista, não tenho talento para tanto, mas, para chegar ao escritor que hoje sou, duas coisas foram fundamentais: na infância, minha avó materna ter recitado cordéis para mim e, na adolescência, ter assistido a uma performance de Costa Senna.

Eu era estudante de uma boa escola em Fortaleza. Isso nos anos 1980. O professor de Literatura levou para a sala de aula o Costa Senna, que já na época (no começo de sua carreira) divertiu e encantou toda a nossa turma com cantoria, cordel, trava-língua e um pouco de repente. No finalzinho da apresentação ele fez improvisações com alguns alunos. Eu fui um dos agraciados. Costa Senna improvisou versos brincando com o meu ralo bigode que nascia. Parecia adivinhar que mais tarde eu seria um escritor bigodudo.

É bom que se diga que acima do tão bem-sucedido momento que hoje o cordel conseguiu ostentar, com muitos cordelistas apostando na investida do gênero nas escolas, Costa Senna foi um dos principais precursores dessa investida-arrojada-missão. Ele começou a trabalhar o cordel nas escolas de Fortaleza nos anos 1980. Sou testemunha ocular disso. Certamente, no começo, ele não fazia ideia que esse seu trabalho nas escolas viraria uma tendência importante para formação do alunado.

Depois do primeiro contato com o Costa Senna em sala de aula, o vi novamente em Fortaleza, já nos anos 1990, em nova performance numa associação de professores na solenidade de premiação de um concurso literário. Sua apresentação em cena estava ainda mais expressiva. Foi aplaudido de pé por todo o auditório. Daí então só sabia da fama do Costa Senna e lia seus cordéis que saíam nas bancas de revistas.

Segui minha carreira de escritor. Muitos anos se passaram. Publiquei alguns livros e escrevi crítica literária para um monte de jornais e revistas. Em 2010, em São Paulo, eu estava na recepção desta editora esperando falar com um amigo, quando o Costa Senna adentra a recepção. Em ato imediato e contínuo, saúdo-o: "Grande Costa Senna!". Ele me cumprimenta, mas sequer suspeita que seja eu um dos garotos que há muitos anos, no início de sua caminhada, fascinou, deixando em mim uma marca indelével com seus versos de cordel. Como reconhecer? Costa Senna já se apresentou em centenas de escolas, fascinando milhares de estudantes como eu. Nesse reencontro, contei-lhe minha história, de como seu cordel foi importante para minha formação, e nos tornamos amigos.

O mundo é mesmo uma ciranda, um folheto de cordel mágico de possibilidades infinitas. O estudante que ganhou versos improvisados do artista, hoje, com muita honra, apresenta um livro de um dos maiores cordelistas do Brasil destinado a outros alunos. Um trabalho com claro objetivo de educar. Logo no começo, mostra a que veio, com quatro cordéis de temáticas sociais falando da mulher, de ética e cidadania, raça e violência. Temas fundamentais para a formação do cidadão. Tem caráter didático, vemos isso nos cordéis: "A saga da humanidade", "Uma viagem na história" e "Os atropelos do português". Em "A matemática em cordel", versa sobre a temível disciplina de forma divertida, mostrando que ela não é um bicho de sete cabeças. No cordel "O educador Paulo Freire", presta justa homenagem, contando em versos a vida desse grande educador. E assim seguem os demais cordéis do livro, que veio para ocupar um novo espaço na forma de se educar no Brasil.

Monteiro Lobato dizia que se faz um país com homens e livros. A prova viva eu vos apresento: Costa Senna e o seu magnífico *Cordéis que educam e transformam*.

Cláudio Portella[1]

---

1 Escritor, poeta, crítico literário e jornalista cultural. Colabora nos mais importantes jornais, revistas e sites do Brasil e do exterior. Autor dos livros *Bingo!* (Palavra em Mutação, 2003), *Melhores Poemas Patativa do Assaré* (Global Editora, 2006), *Crack* (Meca Editora, 2009), *fodaleza.com* (Expressão Gráfica, 2009), *As vísceras* (Expressão Gráfica, 2010), *Cego Aderaldo* (Demócrito, 2010) e *O livro dos epigramas & outros poemas* (Corsário, 2011).

QUATRO TEMAS SOCIAIS

MULHER

Esta mensagem poética,
É justa e é consagrada:
A mulher é mais mulher
Para qualquer empreitada
Quando tem a voz ativa,
Ação participativa
E também politizada.

Da população do mundo
Sua metade é mulher
Porém, grande parte dela,
Acredite se quiser,
Vive em degraus imperfeitos
São desiguais os direitos
Entre o homem e a mulher.

Sempre o homem foi senhor
De toda situação,
Dava a última palavra
Sobre qualquer decisão.
Mostrava supremacia,
Enquanto a mulher vivia
Na sombra da escravidão.

Ela enfrentou, e enfrenta
Essa luta desigual.
Até o som do apito
Do avanço industrial
Mulher não participava,
Nem sequer se aproximava
Da membrana social.

O homem, naquela época,
Definia seu destino.
Era surdo e sufocado
O desejo feminino.
Querer sem poder dizer,
Dizer sem poder fazer
Era um triste desatino.

São os marcos deste avanço,
Duas guerras mundiais,
Os homens iam pra luta,
Deixando tudo pra trás.
E, com isso, ela enfrentava
As coisas que ele deixava,
Fazendo papel dos pais.

O que é bom para mulher
Para o mundo é muito mais.
Dê-lhe oportunidade,
Dê-lhe direitos iguais!
Mulher deve ser ouvida,
Igualmente percebida
Nos projetos sociais.

Pois a força feminina,
Na conjuntura atual,
Dá mais vigor e ternura
À cultura nacional,
À saúde, à economia.
A mulher gera harmonia
Na política social.

ÉTICA E CIDADANIA

Um conjunto de princípios
Dirige a vida da gente:
Dever, honradez, respeito
Como se fosse um regente.
São normas de mandamentos
E dentro dos fundamentos
É muito mais abrangente.

Quem não tem conhecimento
De ética e cidadania
Literalmente ela é
Uma pessoa vazia,
Que vive a desrespeitar,
Maltratar, prejudicar
A boa filosofia.

Pessoas que, sem motivo,
Zombam do próprio irmão,
Não reconhecem limites
De quem tem limitação.
Pessoas que plantam guerras,
Pessoas que tomam terras
De quem só semeia o pão.

Ser ético, é ser consciente.
Trabalhar somente o bem;
É não marginalizar-se,
Porque o mal não convém.
É trilhar um bom caminho
E nunca pensar sozinho,
Não fazer mal a ninguém.

Ética é o nosso espelho
Do exercer cidadania,
Nos dá sempre o direito
De cruzar a travessia,
Desfrutar a igualdade
E toda prosperidade
Que gera democracia.

É a melhor referência,
Pois nos ensina a viver.
A água é o alimento
Que fortalece o ser.
Dentro da conduta humana,
É a rota soberana
Para o povo enobrecer.

É a sólida construção
Da justa sociedade.
Ética e cidadania
Semeiam prosperidade.
São: terreno, estrutura,
A armação que segura
Paz, justiça e lealdade.

Rios que vão desaguar
No mar da democracia,
São pés da fraternidade,
Escola do dia a dia,
Multiplicando o pensar,
O refletir, o buscar
Equilíbrio e harmonia.

ETNIA

É hora de percebermos
Que todos somos iguais
Frente à Constituição.
Pelas normas naturais,
Em toda ou qualquer questão
Cada um é um irmão
Desde os nossos ancestrais.

Entre colonos, indígenas,
Nossa história começou,
Mesmo com o genocídio
Que o invasor perpetrou
Não conseguiu evitar
Do tempo tudo juntar
E chegar onde chegou.

Em seguida, o povo negro,
Levado à escravidão,
As piores crueldades
Sofreu aqui nesse chão,
Mas o tempo, meu leitor,
Fez do negro o propulsor
Dessa miscigenação.

Desses povos tão distantes
Que nasceu a nossa gente.
Norte, sul, leste, oeste
Somos a mesma semente.
Regada, frutificamos
Esse bem multiplicamos
De forma pura e decente.

Sem a discriminação
A vida é bem mais acesa.
Ela desfaz o afeto,
Gera miséria, pobreza,
Abalando a esperança,
O amor, a confiança,
A autoestima e a nobreza.

Vamos desmistificar
Os padrões de competência,
Há em cada ser humano
Bondade e eficiência;
Narcisos não levem a mal
Na vida, o fundamental
É a nossa consciência.

Não foque na cor da pele
Não queira o outro julgar
Seja fiel a si mesmo,
Respeitando seu pensar.
Tente agir corretamente,
Tu és parte dessa gente
Que não deves desprezar.

De negros, brancos e indígenas,
Herdamos nossa etnia.
E todos temos direito
À mesma soberania.
No lugar do preconceito,
Procure encontrar um jeito
De exercer cidadania.

VIOLÊNCIA

A violência caminha
Pelo mundo de mãos dadas,
Com drogas, assaltos, roubos
Corrupções instaladas.
Sequestros, assassinatos
Transformam homens em ratos
Quando vítimas de ciladas.

A riqueza e a pobreza
Soltam as gangues na rua.
Motoristas imprudentes,
Que, de forma nua e crua,
Perversa e embrutecida
Podem ceifar minha vida,
A dele ou, quem sabe, a sua.

Tráfico de drogas e armas
Plantam em solo sangrento.
A máfia molha as raízes
Do mal a cada momento,
E meninos e meninas
São desfeitos nas chacinas
Ou num banal linchamento.

A televisão exibe
Cenas de vulgaridade,
Ajudando a violência
A ganhar intensidade.
Seus vícios destruidores
Vão desfazendo os valores
Da nossa sociedade.

Esse mal que a gente escuta
E vive a nos envolver,
Se não formos preparados
Pode nos enfraquecer.
Nosso subconsciente
Pode entrar nessa corrente
E começar a exercer.

Uma parte desse "câncer"
Sai do olho da "telinha"
E destrói nossa nação
E até a nossa vizinha.
Essa polarização
Que faz a televisão
É uma coisa mesquinha.

A violência entre nós
Só ajuda a nos matar,
Pois ela está na escola
Na rua, em casa e no bar.
São tantas as violências
E as suas consequências
Nos proíbem de amar.

Violência psicológica,
Em adulto e infantil,
Muitas maldades que chegam
De maneira muito hostil.
Parem, pensem um momento,
Pois desde o descobrimento
Corroem nosso Brasil.

A SAGA DA HUMANIDADE

A SAGA DA HUMANIDADE

Alunos e professores
Vamos comigo caçar,
Nas montanhas da história,
Meus versos vão penetrar.
Um pouquinho da verdade
Da saga da humanidade
A gente vai visitar.

Já que o tempo não para,
Nossa mente também não.
Vai do passado ao futuro
Mais rápido que avião.
Sinto gosto de escrever
O que vai acontecer
Nessa grande embarcação.

Desde o remoto passado,
Do berço da pré-História,
Descoberta primitiva
De sonho, perda e glória,
O tempo vem avançando
E, aos poucos, melhorando
Do homem sua memória.

Há quase um milhão de anos,
Ele bem pouco pensava.
Por tanta limitação,
Era em grupo que caçava,
Vivendo em acampamentos
Com seus rudes instrumentos.
Seu sonho não avançava.

Usou a pedra e o osso
E aprendeu a falar
Com a descoberta do fogo,
Tudo começa a mudar:
Sua comida cozida
Alongou a sua vida,
Aprimorou seu pensar.

Venceu as glaciações
E habitou continentes:
Eram as conquistas pra ele
Tão valorosos presentes,
Criou força e lucidez
E desse avanço que fez
Iluminou nossas mentes.

Há uns cinquenta mil anos
Pôs os pés na longa estrada
Dominando frio e fogo
E projetando emboscada
Usando a mente e as pernas
Desenhando nas cavernas
Foi a conquista alcançada.

Uns cem mil anos depois
Abraça a agricultura,
Vêm: arco, lança e flecha
Com essa nova cultura.
É superinteressante,
E, de instante em instante,
Surge nova arquitetura.

Criou as comunidades
E números para contar;
Observou as estrelas,
Técnicas pra movimentar
Roldana e a nossa roda
Essa não se acomoda
Nunca parou de rodar.

Descobriu a tecelagem,
Cerâmica, "semeação",
Catalogação das plantas,
Limpou, adubou o chão:
Domesticou animais
E transformou os metais
Pra sua utilização.

A marcha da humanidade
Não para pra descansar
Cruzou as terras do mundo,
E toda água do mar
Sem mostrar nenhum cansaço,
Está cruzando o espaço,
Criou asas pra voar.

Há cinco mil e alguns anos
O povo egípcio inventou
A conhecida cerveja
Ele nos presenteou.
Esse líquido precioso,
Espumante e saboroso,
Pelo mundo se espalhou.

Benjamin Franklin criou
Os nossos óculos de sol.
Foi o chinês ou egípcio
Que inventou o anzol
A China é proclamada
Porque lá foi inventada
A bola de futebol.

Egípcios dividem o ano
E foram muito aclamados,
Porque os mesopotâmicos
Já estavam organizados;
Com delicado carinho
Começa o uso do vinho
Para os privilegiados.

Do bronze ao hieróglifo
Passamos à astronomia,
Pois há quase três mil anos
Ela à Terra já servia;
Trazendo fatos do ar
Para o homem utilizar
Na nossa geografia.

A voz da humanidade
Tinha registro incompleto,
Tendo a comunicação
Um contraste indireto
E, por falar em precipício,
Palmas pro povo fenício
Que criou o Alfabeto.

Aparece água encanada
Dentro de Jerusalém.
Na Grécia vivia Homero,
A ele o mundo mantém
Respeito pela ideia
De Ilíada e Odisseia,
O ano mil foi-se bem.

A Índia constrói esgotos
Pra melhora da cidade,
No ano mil e quinhentos
Surge sapato à vontade.
Quando o ferro se fundiu,
O progresso conseguiu
Ganhar mais agilidade.

Cem anos depois de Cristo
Na China criam o papel
Por isso hoje escrevemos
Revista, livro e cordel
Eu tenho que confessar,
Também, a China é o lugar
Do inventor do pincel.

Kaldi observa as cabras,
Então descobre o café,
Desse, Cristo não bebeu,
Pois não tinha em Nazaré.
Podemos imaginar
Que, sem a bússola no mar,
Nada era como é.

Mil duzentos e quatorze,
Foi tempo de novidade,
Pro bem dos filhos da terra,
Nasce a universidade;
Acaba-se o lero-lero
Começa o uso do zero
Com total intensidade.

O passo da humanidade
Ninguém consegue conter,
Pois Denmore criou pra nós
A máquina de escrever.
Mostrando como se pensa
Evoluiu a imprensa
E também nosso saber.

O Peter Helein dispara,
Supera o próprio ideal.
Cria o relógio portátil
Um feito sensacional.
Superando o arcaísmo,
O pai do heliocentrismo
Copérnico, o genial.

Galileu faz o termômetro,
Pra medir temperaturas.
Johannes Kepler mostra as leis
Dos planetas nas alturas.
Um francês pra melhorar,
Faz máquina de calcular,
Para aplicações seguras.

Isaac Newton com o seu
Cálculo referencial,
Os princípios matemáticos,
Filosofia real.
O seu estudo profundo
Revelou a todo mundo
O mistério universal.

Edmond Halley foi quem
Batizou esse cometa,
Ferdinando Innocenti
Criou a velha lambretta.
Continuando o percurso
Um sabido médico russo
Foi quem criou a chupeta.

Saiba que o capitalismo
Nasceu do povo escocês;
Revolução industrial
É criação do inglês.
Chaplin é o pai da mímica,
Certamente, o pai da química
É um cidadão francês.

Sobre a mecânica celeste
Um pouco posso falar,
Monsieur Pierre Simon
Fez o projeto avançar.
Vendo o funcionamento
E todo comportamento
Desse sistema solar.

Contam que os holandeses
Fizeram o primeiro hino;
O inglês Robert Fulton
Criou o submarino.
Eu pensei nesse segundo
Em que parte desse mundo
Tocou o primeiro sino.

E a França bem se destaca
Nessa sábia caminhada,
Pois François numa manhã
Silenciosa e nublada,
Depois de muito pensar,
Ele consegue inventar
Nossa comida enlatada.

Para os trilhos, George Stephenson
Criou a locomotiva,
Pôs um motor a vapor,
Nessa máquina produtiva,
Sua criatividade
Trouxe para a humanidade
Uma fase evolutiva.

Dizem que o inglês Babbage,
Este superinventor,
Subiu além do limite
De um grande criador,
A este ninguém faz crítica,
Criou a máquina analítica,
O nosso computador.

Pelo século dezenove,
O telégrafo nasceu,
Sua comunicação,
A todos surpreendeu.
Leia, aprenda, aprimore!
Entre Washington e Baltimore
A façanha aconteceu.

Pouco antes um francês
Inventa a fotografia,
Fato tão inusitado,
Que a história enaltecia.
Esse brilho cultural
Começa a ilustrar jornal,
E livros de poesia.

A máquina de costurar
Também foi outro francês,
O ferro de passar roupa
Nasceu do povo chinês,
Cleópatra cria a peruca,
A Grã-Bretanha a sinuca
Para o lazer de vocês.

Dos organismos com vida
Nasceu a fermentação.
O francês Louis Pasteur
Com mais essa criação.
Químico extraordinário,
Enriqueceu o cenário
No campo dessa questão.

O sueco Alfred Nobel
Inventou a dinamite,
Deu um charme no progresso.
Foi além do seu limite.
Tentou fazer ser capaz,
Que entre o homem e a paz
Jamais houvesse desquite.

O alemão cria o carro,
Para menos caminhar,
Alberto Santos Dumont
Fez a máquina de voar.
Confesso aqui a vocês,
Sei que foi o português
Que desbravou o mar.

Chester Carlson inventou
A fotocopiadora,
Blaise Pascal, um francês
De mente iluminadora,
E com um pouco de ginga
Ele inventou a seringa
E a máquina calculadora.

Professores, professoras,
Para dizer a verdade,
Relatei só alguns passos
Da saga da humanidade.
Ela nunca está parada
Porque nasceu ritmada
Pela progressividade.

Eu estou mostrando o tempo
Através da minha arte.
O homem já foi à lua,
Fincou lá seu estandarte.
Profetizei nos meus planos:
Dentro de mais alguns anos
Nós pousaremos em Marte.

Eu apresento a você
Mais uma missão cumprida,
Na esperança de ser
Uma voz comprometida.
No mundo da evolução,
Encarar a Educação
Como uma fonte de vida.

UMA VIAGEM NA HISTÓRIA

UMA VIAGEM NA HISTÓRIA

Aos amigos companheiros
Dessa temporalidade,
Professores e estudantes,
De toda diversidade
Peço que façam a leitura,
Pesquisem nossa cultura,
Em prol da prosperidade.

Agora muito silêncio,
E vamos todos pensar,
Inspirem o ar que passa,
E o soltem bem devagar.
Quero vocês antenados
Nesse momento, ligados
E na história viajar.

Lá nos confins dos milênios,
Eu já fui um troglodita.
Para chegar onde estamos,
Vi inventar a escrita.
Antes da pedra lascada,
Já tive minha morada
Numa velha palafita.

O tempo é a testemunha
Da minha grande corrida.
Pulei da pedra lascada,
Caí na pedra polida.
Nessa viagem de glória
Construindo nossa história
Que não será esquecida.

Passei no oco do mundo
Vi metal se derretendo,
Quando descobri o cobre,
Vi o bronze aparecendo.
E nessa história não erro,
Bati de testa no ferro
(E continuo crescendo).

Nas paredes das cavernas
Comecei a escrever
Naquele jeito eu guardava
Muita coisa pra dizer.
Marchando no rumo certo,
O Nilo, lá no deserto,
Deu-me água e de comer.

Lá no alto e baixo Egito
Sei tudo que aconteceu.
Eu vi quando ele subiu,
Também vi quando desceu.
Agora, cá entre nós,
A força dos Faraós
Pelo tempo se perdeu.

Da alta Mesopotâmia,
Quase nada sei contar.
Eu passei por lá correndo,
Tive medo de parar,
Pois Nabucodonosor,
Bancando o superior,
Inda tentou me acertar.

Nos jardins da Babilônia
Também suspenso fiquei,
Para se ter uma ideia,
Confesso que delirei.
Já vi muita coisa bela,
Mas beleza igual àquela
Eu nunca mais encontrei.

Vi Dário criar o dárico,
E a Pérsia prosperar,
E na guerra contra a Grécia
Vi tudo desmoronar.
Na briga com Maratona,
Eu quase beijei a lona
Mas consegui escapar.

Uma vez encontrei Sara
Conversando com Abraão.
Caminhamos lado a lado,
Falando sobre a missão…
Eu até senti espanto
Quando aquele homem santo
Apertou a minha mão.

Nas terras da Palestina
Vi os filhos de José.
Desse povo israelita
Eu falo com muita fé
Sobre a terra prometida,
De uma nação esquecida,
Ou do bravo Josué.

Os labirintos cretenses,
Dédalo mandou fazer.
Tristes cenas ocorreram,
Isso posso lhe dizer.
Ícaro lançou-se no ar,
Mas depois caiu no mar
Viu seu sonho falecer.

A Grécia dos tempos clássicos
O mundo todo encantou.
Os poemas de Homero,
Que tanto o consagrou.
Quem já leu a Odisseia
Viu a inspirada ideia
Que o poeta narrou.

Desses acontecimentos,
Aquele que mais doeu,
Foi Sócrates beber veneno;
A cena me estarreceu.
Soluços lhe afogando
Tristemente, delirando
Suspirou fundo e morreu.

Cruzei o fim de uma guerra
De lamentos e agonia.
A Ilíada de Homero
Contava o que decorria
Descrevendo as imagens
(De inúmeros personagens)
Vindos da Mitologia.

Vi Troia ser destruída
Por Páris, um homem mau
Vi a beleza de Helena
Esposa de Menelau
Vi toda destruição
Porque abriram um portão
Para um cavalo de pau.

Quando eu cheguei a Roma
Também na Terra chegou
Jesus o rei dos judeus
E a história mudou.
Mesmo Ele tendo poder
Não pôde o ódio conter
E a labareda aumentou.

Vi Cristo crucificado
Ali entre dois ladrões,
Barrabás embriagado,
Com grandes desilusões.
Pilatos, bem chateado,
Pois sentia ter errado
Suas últimas decisões.

Dessas minhas aventuras,
Muito tenho pra contar.
Vi Roma pegando fogo
Que Nero mandou botar.
Eu não estou inventando,
E sim pra vocês contando,
Pois vi e posso afirmar.

Marchei buscando progresso
E sofri perseguição.
Fui castigado, queimado,
Só porque era cristão
Ainda vivo a buscar
Um jeito para evitar
Briga de religião.

Pelas estradas do mundo
Viajava noite e dia,
Fui célula do feudalismo
E núcleo da burguesia.
Em um regime feudal
Sob um comando central
A história acontecia.

Vi Leonardo Da Vinci
Monalisa pincelar;
Lutero ser perseguido
Por viver a protestar.
Eu tenho conhecimento,
Pois vi o renascimento
Começando a despertar.

Lá pelo mercantilismo
A idade média acabou;
O Brasil foi descoberto,
Segundo Cabral falou.
Expansão comercial,
Nessa época triunfal
O mundo presenciou.

Pouco depois dessa data
A maldade me agarrou.
Eu era livre na África
Quando ela me pegou,
Levou-me pro cativeiro
E nos porões do negreiro
Minha morte começou.

Tiradentes enforcado
E Vila Rica a chorar.
Padres e poetas presos,
Vi fugas por terra e mar
Aí fiquei percebendo,
Que se não saio correndo
Iriam me degolar.

Na conjuração baiana
Quase vesti a gravata,
Pois vi o povo lutando
Por uma causa sensata
Com medo dos opressores,
Eu e os conspiradores,
Fugimos dessa bravata.

Revolta Pernambucana
Os padres se rebelaram,
Rebeldes triunfalmente
A república proclamaram,
Mas depois perdem o poder
E sem armas para vencer
Tristonhos se conformaram.

Na noite das garrafadas
Eu estava a passear,
Levei uma na cabeça
Que cheguei a despencar.
Então passou: abrilada,
Setembrada, novembrada,
Eu sem de nada lembrar.

Nas eleições do catete
Fui obrigado a votar,
Balaiada, Farroupilha,
Comecei a agitar.
Eu vi Caxias gritando,
Desesperado lutando
E tentando apaziguar.

E lá no dia do fico,
Eu também por lá fiquei.
Naquele abaixo-assinado
O meu nome coloquei.
Em tantos e tantos fatos,
Vários acordos e tratos
No tempo presenciei.

Chegando o século dezoito
A evolução vem vindo,
O progresso esfomeado;
Os espaços engolindo.
Os avanços nos consomem
A máquina comendo o homem,
O homem máquina parindo.

NAS ASAS DA LEITURA

NAS ASAS DA LEITURA

Quero falar pra vocês
Sobre meu melhor amigo,
Que me ajuda a encontrar
Lazer, trabalho e abrigo.
Desde meus primeiros anos,
Ele é parte dos meus planos
E segue sempre comigo.

Leio livro em minha cama,
Em ônibus, metrô ou trem,
Em navio ou avião,
Ou mesmo esperando alguém.
Leio para o povo ouvir,
Leio para transmitir
A riqueza que ele tem.

Eu sou amigo do livro
Desde quando menininho.
Ele me dá autoestima.
Na leitura me alinho,
Acho razões pra lutar,
Com virtude, retirar
As pedras do meu caminho.

Nesses quase seis mil anos,
A Ásia surpreendeu,
Pois criando o alfabeto
A escrita apareceu.
Veja só que linda ação,
Foi aí dessa união
Que nosso livro nasceu.

Em pedras, ossos e tábuas
Era onde se escrevia.
Antes do livro nascer,
A história se perdia;
Por não poder registrar
Era difícil guardar
Tudo o que acontecia.

Foram tábuas e argila
Os livros de antigamente.
A era do século quinze
Nos deu um rico presente.
Nela o livro apareceu
E desde que ele que nasceu
Continua comovente.

De maneira admirável
O homem avança em giro.
Deixa pedras, ossos, tábuas,
Dum gigantesco suspiro.
E de forma inteligente,
Se aproximou do presente
Quando escreveu em papiro.

Fatos foram registrados
Em peles de animais.
O homem sempre buscava
Uma maneira eficaz
Pra registrar seu presente,
Seguro, corretamente,
Para os jovens saberem mais.

Encontrar a perfeição,
Ajustar o desalinho,
Algo melhor que o papiro
Ou o próprio pergaminho;
Para o livro melhorar
Era preciso buscar
Um mais suave caminho.

Foram os primeiros livros
Todos escritos à mão.
Gastava-se muito tempo
Em toda a confecção;
Para o livro despontar
Era preciso passar
Por uma evolução.

Pelo ano cento e cinco,
A China inventa o papel.
Reforço essa informação
Mediante este Cordel
Sabendo que ele traria
A mola que giraria
Este imenso carrossel.

E a função do papel
Neste nosso mundo inteiro
É guardar e proteger,
É ser nosso manobreiro,
Pura confraternidade
Tem o papel na verdade
Função de bom companheiro.

O livro naquela época,
Era tão somente usado
Por reis, papas, bispos, príncipes,
Os juízes do reinado.
Arcebispos, professores,
Os filósofos, pintores,
Grupo privilegiado.

Mas ler não era tão fácil,
Vou explicar a questão:
Os livros naquela época
Eram escritos à mão.
Quase ninguém entendia
E na leitura surgia
Discordância, confusão.

O rei falava: "é um N",
O astrônomo: "é um H",
Perguntava a princesinha:
"Isto é um Z ou um A?".
O padre olhava de canto
E dizia: "não há santo
Que consiga destrinchar".

O livro era entre os nobres
Um respeitável lazer,
Mas às vezes a escrita
Ninguém podia entender.
Para a questão acabar,
O rei mandava buscar
O próprio autor para ler.

Pense no mundo de hoje
Repleto de informação,
Onde ler nos facilita
Uma melhor posição.
Seria triste demais
Ler livros, gibis, jornais
Todos escritos à mão.

Algo que facilitasse
O exercício do saber,
Democratizando o livro
Para todo o mundo ler,
Com letras bem desenhadas,
Ficando simplificadas
E fáceis de entender.

No meio do século quinze
Aparece a solução:
Johannes Gutenberg cria
A máquina de impressão,
Com o formato singelo,
Nascia o primeiro prelo
Pra resolver a questão.

Da velha prensa de uva
Surgiu a máquina impressora
E foi renovando o mundo
De maneira encantadora.
Nasceu pra alfabetizar,
Contribuir, ensinar
De forma renovadora.

Nem as últimas novidades,
Toda a tecnologia,
Não abalam a importância
Do livro no dia a dia,
Seja qual for a editora,
A leitura é a lavoura
Do nascer sabedoria.

De Gutenberg até hoje,
O livro cumpre a missão,
Mostrando tudo o que há
No céu, no mar e no chão,
E nos transmitindo até
Estima, coragem, fé,
Cultura e educação.

O livro é o mar onde
Pescamos capacidade,
O anzol é a leitura,
E a isca é a vontade.
É desse imenso mar
Onde podemos fisgar
Saberes, pluralidade.

Do famoso Guinness book
À velha bíblia sagrada,
Os livros falam de tudo,
Eles não esquecem nada!
Em estrofe, rima ou verso,
Ele é um grande universo,
Bem-sucedida escalada.

Livros de contos de fadas
Espionagem, terror,
Infantil ou juvenil,
Pra formação de ator,
Direito, pedagogia,
De moda, filosofia,
Biologia e humor.

Música, esporte, lazer,
Ética ou cidadania,
De produtos naturais,
Tarô ou quiromancia.
Os que mostram o mal da guerra,
Outros que pedem pra Terra:
Paz, amor e harmonia.

Terra, fogo, água e ar
Mistérios, ufologia,
Gramática, matemática,
Cordel e pedagogia.
Das plantas, dos animais,
De todos os minerais,
Folclore e ecologia.

Crianças, jovens e adultos
O livro é a nossa luz!
Viagem pela riqueza
Que a leitura produz.
Livro da evolução,
Livro da ressurreição,
Do legado de Jesus.

De autoajuda ou estima,
Didático ou literatura,
Romances, biografias,
Novelas, apicultura,
Os da história da arte,
Outros que falam de Marte,
Ciência e arquitetura.

Da educação infantil
Até a livre-docência,
Os livros são universos,
Atiçam nossa vivência,
Pois exala da leitura
O perfume que emoldura
Sempre a nossa eficiência.

Hoje, não ler é viver
Na mais baixa dimensão;
É a leitura na vida
A vida em evolução;
Enxergar sem saber ler
É o mesmo que viver
À sombra da escuridão.

Na leitura encontro asas,
Prazer, força pra voar;
Em qualquer cosmicidade
Eu faço meu ser pousar.
O livro é o meu transporte,
A leitura, o passaporte,
Direito de conquistar.

OS ATROPELOS DO PORTUGUÊS

OS ATROPELOS DO PORTUGUÊS

Para aprender português
É preciso ser capaz.
Eu tentei mais de uma vez,
Aprendi, não tento mais.
Minha voz ficava rouca,
Com as palavras na boca,
Lendo de frente pra trás.

Acento na última sílaba
É a palavra oxítona;
Caso seja na penúltima,
Passa a ser paroxítona;
Como contrário da última
Sendo na antepenúltima,
Já é proparoxítona.

São exemplos de oxítonas:
Atrás, feliz e amor.
Tônica na última sílaba.
Observe, por favor.
Não dou a dica completa,
Pois sou apenas poeta,
E nunca fui professor.

Exemplos de paroxítonas:
Malha, carro e editora.
Se acaso você duvida
Desta mente criadora,
Faça o favor de estudar,
Ou então de perguntar
Ao seu mestre ou professora.

Sendo proparoxítona
Fácil de exemplificar:
Ácido, oxítona e médico.
Três pra você se lembrar.
Precisa ficar atento
E colocar o acento
Na sílaba forte ao grafar.

Qualquer palavra precisa
De um tipo de acento.
Seja tônico ou gráfico.
Confirma meu pensamento.
Eles tentam esclarecer,
Pra que todos possam ter
Um melhor entendimento.

Por favor, leia gramática,
E outros livros também;
Não posso ensinar tudo
Sem ganhar um só vintém.
Pro papo não ficar longo,
Vamos falar no ditongo,
Como a gramática convém.

Alguns ditongos abertos
Sem acentos são grafados:
Jiboia, ideia, alcaloide,
E outros mais, não citados...
Mas lençóis, corrói, fiéis,
Céu, herói, Ilhéus, papéis,
Devem ser acentuados.

Eu li algo em um livro
Pra lá de "incompreensivo",
Dizendo: "a palavra afim
Pode ser substantivo".
Só depois fui percebendo
No mesmo estava-se lendo:
É também adjetivo.

Não é "aluga-se casas"
Que você tem que marcar;
Mas, sim, alugam-se casas,
Se você tem pra alugar.
Cuidado, rapaziada,
Essa língua é complicada
E pode nos enganar.

Pleonasmo é a ideia
Da palavra repetida.
Subir pra cima é o exemplo
Que já lhe dou de saída.
Nesse erro eu não me encaixo,
Não dá pra subir pra baixo,
Então é frase perdida.

New look, futebol e uísque
Vêm lá do povo inglês;
Dança, chope, do alemão;
Detalhe vem do francês;
Pizza, tchau e piano
Vêm do povo italiano,
Fiquem sabendo vocês.

Barbarismos são palavras
Que vêm lá do estrangeiro.
Abajur, pneu, chofer
São os exemplos primeiros.
Meu cordel em português
Vai descrever pra vocês
Num linguajar brasileiro.

Germanismo do alemão;
Galicismo do francês;
Hispanismo do espanhol;
Anglicismo do inglês.
Tudo isto é barbarismo
Ou então estrangeirismo
Usados no português.

Vamos deixar estes "ismos"
E falar de cacofonia,
Palavras desagradáveis
Que ouço no dia a dia.
Por incrível que pareça,
Penetram em minha cabeça
Causando disritmia.

Por exemplo, "ela tinha";
"Por cada", que porcaria.
Olhe outra: "vez passada";
Isso me causa agonia.
Vê se você não complica
E é aqui que fica a dica
Do que é cacofonia.

Cuidado com a gramática,
Vê se você a domina.
Só ocorre crase antes
De palavra feminina.
Repito mais uma vez:
Zele o nosso português
Como se fosse uma mina.

A unidade de som
Que existe na fala humana
É chamada de fonema.
O poeta não te engana.
Há dois e bem desiguais:
Vocálicos e consonantais.
Esta é a dica, bacana.

Não espere só por mim,
Sou um simples incentivo.
Leia advérbio de tempo,
E pronome demonstrativo.
Para tudo melhorar,
Além de se estudar,
Precisa ser criativo.

Esse termo "estrambólico",
Vê se tenta consertar.
O correto é estrambótico.
Eu digo e posso provar.
É fácil de entender:
Tire o "L" e ponha o "T",
Assim não tem como errar.

Tanto faz, fui eu que fiz
Ou, então, fui eu quem fez.
Cuidado com os atropelos
Que tem nosso Português.
Quando eu fui estudante,
Não vacilei um instante,
Por isso falo a vocês.

Nunca diga "grandessíssimo".
Vê se aprende a falar.
Grandíssimo já é o máximo
Não dá mais pra aumentar.
Não queira falar bonito,
Com esse termo esquisito
Você vai se complicar.

"Haja vista" é melhor
Que o termo "haja visto".
Não tente falar bonito,
Vê se acaba com isto.
Pra quem não sabe falar,
Melhor é não enfeitar
O que estava previsto.

Não pronuncie "mais grande"
O certo mesmo é maior.
Seja um amante dos livros
Pra não cair na pior.
Pra ter uma língua prática
É preciso ler gramática,
Ela te mostra o melhor.

Em um português moderno,
Menos deve ser usado.
Não se esqueça que "menas"
Já está ultrapassado.
Saiba você, neste instante:
Pra ser um bom estudante
Precisa estar preparado.

Mulheres que pensam bem
Não dizem "muito obrigado".
O certo é "muito obrigada".
Pois obrigado é errado.
Falem bem o português,
Falando certo, vocês
Arranjam até namorado.

Em preposição, cuidado
No mim e também no eu.
"Isto é para eu comer";
Vê se você entendeu.
Isto aqui é para mim.
Com este eu chego ao fim
Creio que já aprendeu.

Saiba que o verbo gostar
Exige preposição.
Pra poder ser transitivo
Tem que ter "de" na questão.
Pra sua vida brilhar
É bom você estudar,
Isso lhe dá promoção.

Existe o verbo partir.
Se parte, fico a chorar
Calado, sofro esperando,
Olhando o verbo "voltar".
E sonho lhe namorando,
Nós juntinhos conjugando
Os tempos do verbo amar.

O "são" está corretíssimo
E o "santo" também está.
Somente no masculino
A diferença virá
E vê se não adianta:
A santa palavra "santa"
Somente santa será.

A vírgula esclarece tudo
No seu local adequado.
Precisa saber usá-la,
Por isso, tomo cuidado.
Garanto e não te iludo,
Pois ela complica tudo
Se está no lugar errado.

Sei que o discurso direto
Reproduz o pensamento.
Já o indireto precisa
De um leitor sempre atento.
Veja só, meu camarada,
A língua é mais complicada
Que os caminhos do vento.

VIAGEM AO MUNDO DO ALFABETO

VIAGEM AO MUNDO DO ALFABETO

Viajar, Viajar, Viajar na letra A

Amor, Açude, Aguardente
Aroeira, Alquimia
Avexado, Atrevido
Atabaque, Alvenaria
Agenda, Atalho, Algodão
Aldeota, Alçapão
Arquivo, Astrologia.

Viajar, Viajar, Viajar na letra B

Bola, Beco, Borboleta
Bode, Brisa, Boemia
Bota, Balança, Balão
Bata, Batida, Bacia
Bodega, Bar, Bofetada
Beijo, Banda, Badalada
Batuqueiro, Bateria.

Viajar, Viajar, Viajar na letra C

Ceará, Casa, Comida
Cangaceiro, Candomblé
Chocalho, Cacho, Cabeça
Carinhoso, Cafuné
Camarada, Coração
Cantador, Colo, Canhão
Conto, Cidadão, Café.

Donzela, Doido, Doçura
Diadema, Dado, Drama
Despejo, Dança, Destino
Desfile, Despida, Dama
Desenho, Dente, Dragão
Deboche, Desilusão
Dose, Desaba, Derrama.

Escorpião, Eleitor
Elemento, Ecologia
Estudante, Eleição
Equilíbrio, Economia
Estimativa, Emboscada
Educação, Empreitada
Embalada, Energia.

Fechadura, Foice, Foto
Fortaleza, Facção
Ferrovia, Ferroada
Farofa, Farol, Feijão
Frieza, Festa, Frontal
Fofoqueiro, Fraternal
Faísca, Flutuação.

Grana, Gaiato, Grandeza
Gênio, Grito, Gestação
Graveto, Gal, Gabarito
Garimpeiro, Guarnição
Greve, Grave, Gratuito
Gaiola, Graxa, Granito
Gola, Gume, Gratidão.

Humanidade, Hortelã
História, Habilidade
Hora, Hino, Horizonte
Hélio, Hoje, Honestidade
Horácio, Horta, Heresia
Habitante, Harmonia
Hereditariedade.

Ilha, Itamaracá
Igreja, Inveja, Ilusão
Iracema, Inocente
Ingênua, Iluminação
Ipiranga, Ironia
Iraque, Ideologia
Ipueiras, Inovação.

Jiboia, Jegue, José
Jericoacoara, Jabá
Jangadeiro, Jereré
Jornal, Justiça, Jeová
Janela, Jardim, Japão
Jurema, Jurisdição
Jabiraca, Jaraguá.

Lua, Leque, Labirinto
Lampejo, Libertação
Ladeira, Lugar, Latejo
Lamparina, Lampião
Labuta, Lanche, Loucura
Litoral, Literatura
Lenda, Localização.

Manejo, Maracatu
Metrô, Musa, Mulher, Má
Maxixe, Mel, Mulungu
Motoqueiro, Mangangá
Mauá, Mooca, Moderado
Muleta, Manto, Melado
Mata, Moda, Maracá.

Nativo, Nota, Namoro
Nora, Neto, Navegar
Nilo, Navio, Negreiro
Nostálgico, Notificar
Nutrido, Nave, Neblina
Novo, Nordeste, Narina
Novidade, Nuclear.

Obrigado, Obediente
Outubro, Opositor
Oceano, Obrigação
Original, Ouvidor
Outono, Ortografia
Outrora, Ortopedia
Orvalho, Ovelha, Orador.

Palmito, Palavreado
Padroeira, Piedade
Pirambu, Pata, Profeta
Papangu, Passividade
Poeta, Papa, Pagão
País, Palco, Punição
Papel, Popularidade.

Querida, Quenga, Quilate
Quadra, Quadrinha, Quadrado
Queixa, Quarta, Quinta, Quina
Quarterão, Quilometrado
Queijo, Quilo, Queimadura
Quixadá, Quintal, Quentura
Quinzena, Qualificado.

Raul, Ritmo, Renegado
Realengo, Realismo
Repentista, Retirante
Rota, Roteiro, Racismo
Roseira, Roça, Roçado
Rapadura, Reprovado
Reconstitucionalismo.

Sucesso, Som, Senegal
Sabido, Semeadura
Santa, Senzala, Sabor
Sentido, Sonho, Satura
Sal, Salame, Semanal
Sistema, Sentimental
Sineta, Sala, Segura.

Tatuagem, Tempestade
Talismã, Taça, Tenor
Tocaia, Televisão
Turista, Trem, Trovador
Turnê, Tarifa, Turbina
Tabuleiro, Tempo, Tina
Tropeiro, Traça, Tambor.

Uberlândia, Universo
Uberaba, Unidade
Uva, Uísque, Usina
Urna, Uniformidade
Urgente, Ultrapassado
Urubu, Utópico, Usado
Uivo, Universidade.

Veia, Vento, Vela, Vida
Valeta, Ventre, Vulcão
Verbo, Viúva, Volante
Vitrine, Verso, Visão
Veneta, Vidro, Viagem
Vaso, Vitrola, Visagem
Violino, Violão.

Xarope, Xepa, Xadrez
Xaxado, Xilografia
Xique-xique, Xô, Xiloma
Xenhenhém, Xenofilia
Xote, Ximango, Xingar
Xexéu, Xodó, Xeretar
Xamego, Xenofobia.

Zero, Zeca, Zigue-zague
Zangado, Zico, Zagueiro
Zona, Zorra, Zepelim
Zurzidela, Zombeteiro
Zanga, Zote, Zombaria
Zueira, Zoologia
Zagunchada, Zabumbeiro.

A MATEMÁTICA EM CORDEL

A MATEMÁTICA EM CORDEL

A alfabetização
É a vital energia,
Base da sustentação
Da nossa cidadania.
E faz gerar, com vigor,
O bem-estar, o amor,
Fraternidade e harmonia.

Pra ser alfabetizado
Não é só ler e escrever.
Problemas, cálculos, contagens
Nos ajudam a tecer
Uma vida bem mais prática,
Quando há a matemática
Dentro do nosso viver.

Pois nela estão os números
Até o último momento:
Da hora em que se nasce
Até o seu passamento.
Altura, peso e medida
Os números dão para a vida
Todo acompanhamento.

Certidão de nascimento,
Dia que se batizou,
Primeiro dia na escola,
A hora em que se casou.
E a jamais esquecida,
Lembrada por toda vida,
O dia em que se formou.

Sem CEP na nossa rua,
A carta não chegaria.
E sem a circunferência
A bola não rolaria.
Não teria futebol
Que, sob chuva ou sol,
Nos gera tanta alegria.

Está em seu passaporte,
No CPF e RG,
Onde você vai ou mora,
Lá um numeral se vê.
Por incrível que pareça,
Aconteça o que aconteça,
Os números movem você.

Na carta de motorista,
Na carteira de trabalho
E, quase que cem por cento,
Nas cartas de um baralho.
Observe, com cuidado,
Um cálculo elaborado
Para traçar um atalho.

Número da OMB
Para músico e cantor,
Número do DRT
Para a atriz e o ator
Há uma máquina somando
Quando alguém vai passando
As catracas do labor.

Onde você estiver
Haverá numeração
Que seja a pé ou de trem,
Carro, navio, avião,
A matemática nos guia,
Ela é o nosso vigia
Bússola, orientação.

Está na folha de cheque,
Recibo, nota fiscal,
No seu extrato bancário
E na despesa mensal.
Veja os números, aprenda:
Lá no imposto de renda
E, também, no predial.

Na sintonia do rádio
Para mudar de estação
E na previsão do tempo,
Seja inverno ou verão
Na falta dos numerais,
Como mudar os canais
Que há na televisão?

Tem em todo documento
Ordem de numeração:
Numa ficha de emprego,
Folha de filiação.
Até no abaixo-assinado
Há o RG marcado
Para ter validação.

O número da plataforma
Do ônibus que você pega,
Na fila que você entra,
No recibo que entrega,
No crachá e no guichê
Eles estão com você,
Por onde você trafega.

Tem na meia, na cueca,
Short, sutiã, calcinha.
No sapato, no chapéu,
Em corda, cordão ou linha,
Em blazer, cinto e calça:
Só funciona uma alça,
Com a medida certinha.

No registro do aluno,
No registro funcional,
Tem no registro do MEC:
Em tudo há numeral.
Não esqueça o da chamada,
Os números, rapaziada,
São o comando central.

O número do seu partido
E do seu vereador,
O número do deputado,
E, também, do senador,
Lembrando a nossa gente
Que tem os do presidente,
Prefeito e governador.

Há no compasso da música,
No pulsar do coração.
Há no xadrez e na dama
E na metrificação
Nos versos da poesia:
A numeração nos guia
Para qualquer direção.

Há nos jogos eletrônicos
Nas casas de loteria.
Ninguém dispensa as exatas
Na arte da acrobacia.
Os olhos da matemática
Estão nos truques de mágica,
Na fenomenologia.

No consumo dos quilowatts,
Nos gastos de energia,
No INSS,
No fundo de garantia.
Ponha sua vida em prática,
Percebendo a matemática
Dentro do seu dia a dia.

A numeração das ruas
Localizadas no guia,
Mais um ano de idade
A quem aniversaria.
Mais um ano que chegou,
E a matemática somou
Com bela simbologia.

Eles são transcendentais,
Estão em qualquer lugar:
Lá no calibre da arma,
Na sinuca, no bilhar,
Na porta do elevador,
No vexame do doutor
Tentando a vida salvar.

Estão na conta-poupança,
Também na conta-corrente.
Formam o grupo dos sete,
O oito é mais coerente,
Não estou só poetando,
Mas, sim, pra vocês mostrando
Que eles dirigem a gente.

Estão em toda ciência:
Na história, na gramática
Na física, filosofia.
É usada a matemática.
Veja em seu cotidiano
Que ela é quem vai tornando
A sua vida mais prática.

Pelos caminhos da física
A lua nós alcançamos.
Os números sempre presentes
Em tudo que nós criamos.
Em todas as invenções,
Projetos, expedições,
Em tudo que conquistamos.

Uma torrente de números
Passeia por nossa frente:
De telefone, de casa,
Família, amigo, parente.
Internet, celular,
Sempre a movimentar
Nosso subconsciente.

É presente a matemática
Na divisão do seu lar:
Banheiro, quarto, cozinha,
Hall e sala de jantar.
Ela é um grande plano,
Hora, dia, mês e ano.
Andar, dormir, despertar.

Três vezes Pedro negou
Seu companheiro de luz.
Três pregos crucificaram
O Nosso Senhor na cruz.
Três reis magos anunciaram
Doze apóstolos marcaram
A história de Jesus.

De cinco pães e dois peixes
Comeu uma multidão.
E sobraram doze cestos
Da sagrada refeição.
Cristo fez, com pães e bagres
O maior dos seus milagres:
O da multiplicação.

Mais ou menos trinta dias
Tem o ciclo menstrual
E em trinta e seis semanas
Tem a gestação normal
Já o meia, meia, meia
É só matemática, creia,
Não é o número do mal.

Desde o começo do mundo
Eles estão a servir.
O mais, o menos e vezes
E, também, o dividir.
O saber da matemática
Torna a pessoa mais prática
No que quiser construir.

E a vida vai passando
Pelas fragmentações.
Tantos conceitos de números
Gerindo nossas ações.
Negativos, positivos,
Nos polos numerativos:
São várias as expressões.

O tracinho deitadinho
Sabemos que é negativo.
A conhecida cruzinha
Simboliza o positivo.
O nulo zero, parado,
Estando de certo lado
É só um demonstrativo.

Veja a multiplicação
E a divisão como faz:
Vai dar sempre positivo,
Usando os mesmos sinais.
Negativo e negativo,
Positivo e positivo
Assim sendo é sempre mais.

É a nossa trajetória
Uma potenciação.
É como se o expoente
Fosse a nossa ocasião:
Se ela for positiva
A gente é mais criativa:
Maior nossa produção.

Chaves, colchetes, parênteses
Com menos, mais e igual,
Fazendo de você, seu
Elo operacional.
Não temos como fugir
Precisamos aderir
Ao sistema numeral.

Aquele que não calcula
Pelo outro é calculado.
Na exatidão dos números,
Vive sempre computado.
E, se não tiver ações,
No dividir das frações,
Poderá ser descartado.

São as buscas dos valores,
Conjuntos e soluções,
Somas do dobro, do triplo
Parecem navegações:
Procure se aprofundar,
Para poder calcular
O valor das equações.

Mínimo múltiplo comum
Inteiro e fracionário
Fazem as operações
Da vida um questionário.
Mas, fazendo os exercícios,
Vencemos os precipícios
Sem desmontar o cenário.

A, xis, igual a bê,
A, diferente de zero.
As equações parecem
O compasso de um bolero
Às vezes, subtraindo,
E outras, vão dividindo.
É ver um quero-não-quero.

> Maior que, ou < menor que.
Há também o diferente.
Maior igual, menor igual,
Digo matematicamente.
Essa sinalização
Já é a inequação
Bolinando nossa mente.

Unem-se letras e números
No produto cartesiano.
De modo hachurado
Os traços se "igualando",
Cada linha aí traçada,
É tida por coordenada
Por terráqueo ou marciano.

Eixos perpendiculares,
Plano, em quatro regiões,
O plano cartesiano
Com as suas divisões.
Abscissa negativa,
Ordenada positiva
E outras várias questões.

Xis mais ípsilon igual a quatro;
Quero falar de sistema.
Não tenha medo dos números:
Você que causa o problema.
Sistemas indeterminados
Ou mesmo determinados,
Não causam qualquer dilema.

No mundo em que vivemos
Há muitas comparações.
Grandezas e quantidades,
Riquezas e ambições.
Estou tentando alertar
Para você decifrar
As razões e proporções.

Uma razão tem dois termos:
Numeral e antecedente.
Nos mesmos vem a razão
Que é sempre equivalente.
Os números têm suas pressas,
Elas têm razões diversas
Tal qual as da nossa mente.

No campo das proporções
São várias propriedades:
Consequente, antecedente
Há em você qualidades;
Veja todos os esquemas,
Depois resolva os sistemas,
Mentiras, torne-as verdades.

Se a mente não me engana,
São três as regras de três:
Tem a composta direta,
Diz a minha lucidez,
E a composta inversa.
Eu paro aqui a conversa,
Pesquisem a outra vocês.

Quase cinquenta por cento
Do conto que conto agora,
Com mais cinquenta termino,
Fecho o livro, vou embora.
Às vezes, me arrebento
Tentando ser cem por cento,
Sem importar com a hora.

A porcentagem presente
Na pesquisa eleitoral,
No sobe e desce do dólar,
Na variação cambial,
No aluguel atrasado,
Em um imposto cobrado,
No valor salarial.

Fazem, desfazem os números
Nos gráficos da apuração.
A porcentagem atua
Na árdua competição.
Número vai, número vem,
Mostrando tudo o que tem
Na complexa decisão.

Preciso falar de juro
Pra que tu possa saber,
Ele avança todo dia
E o jeito de lhe conter.
Cuidado, muito cuidado,
Elimine esse danado
Mesmo antes de nascer.

Suas formas derivadas
Podem nos atropelar:
Que juro simples, que nada
Na hora de calcular
Está mais que comprovado,
Sempre fica mais pesado
Pra aquele que vai pagar.

Geo significa terra.
Simetria é a medida.
As formas das coisas são
Usadas por toda a vida.
Sempre aos olhos da gente,
Quer seja numa vertente,
Descida, plano ou subida.

Estou saindo dos juros,
Indo pra geometria,
Pego a aritmética
E transformo em poesia
Entro na exatidão,
É grande a minha paixão
Pela perfeita harmonia.

Há ângulos em toda parte:
Quadra, rua, quarteirão,
Na trave onde o goleiro
Exerce sua função.
Na caixinha do CD
Vários ângulos você vê
Na sua formatação.

Para se medir um ângulo
Usamos transferidor.
Mas você precisa, antes,
Se tornar conhecedor
Da nossa geometria
Que em forma de poesia
É verdadeiro esplendor.

Há vários tipos de ângulos:
Agudo, raso e reto,
Congruentes, consecutivos,
Acho que estou correto:
Os ângulos complementares
Os ângulos suplementares,
Veja qual o mais completo.

Hora minuto e segundo.
Trio do tempo presente.
Juntos matematizando
Os cálculos em nossa mente.
Os ponteiros trabalhando
Vão sempre informatizando
Cada ângulo diferente.

As paralelas dos pneus
Cantadas por Belchior,
Depois as retas secantes
Que até parece maior.
Isso é geometria
Que produz em harmonia,
Um movimento melhor.

Há lados pra todo lado
No setor geometria
Parecem uma miragem
O que o comércio cria:
São caixas arredondadas,
Retangulares, quadradas:
E todas em sintonia.

Há no paralelepípedo
Quatro faces paralelas.
Outras formas já são dadas
Em vitrôs, portas, janelas.
Há base triangular
E base retangular:
Haja formatos pra elas.

Igual ao homem do campo,
Calculo tudo na mente:
Conto, somo, multiplico,
Divido corretamente.
Com emoções ou razões,
Faço das operações
Um show para nossa gente.

Pessoal, a quarta parte
De uma volta completa,
Com certeza, é um ângulo
Se medido em linha reta.
Pois a matemática ensina
E eu cumpro a minha sina
De verdadeiro poeta.

As pirâmides representam
A pura geometria.
Onde é que a matemática
Não mostra sabedoria?
Pois ela vive a somar,
Dividir, multiplicar
As contas que a vida cria.

Tem o formato e a base,
Muito diferenciada:
Triangular, pentagonal
Hexagonal, quadrada
Heptagonal, retangular.
É bom você despertar
E dar uma pesquisada.

Trezentos e sessenta e cinco
São dias que formam o ano.
Veio o chamado bissexto,
Do calendário romano.
O ano com um dia a mais
Aparece quando jaz,
Quatro passados de ano.

Vértices, prismas e arestas
São faces que formarão
Todo o corpo das caixas
Causando admiração.
Aí tem geometria
Fazendo a fantasia
Na comercialização.

Em quase tudo ela está,
Com diferente postura:
Nos embrulhos, nos brinquedos,
Nas artes, na arquitetura…
Gente, a geometria
Parece a poesia:
Está em toda cultura.

Cubo, cilindro e toro,
Outro rumo vou tomando,
Saio da geometria
Que vem me desafiando.
Gosto destas investidas
E em pesos e medidas
Confesso que estou entrando.

Massa mede-se em grama.
Metro, pra coisa comprida.
O que fazemos ou temos
Em torno da nossa vida,
Não adianta ter mágoa,
Pois mede-se vento, água
E toda e qualquer comida.

Ela é essencial
Dentro do supermercado.
Na balança que avalia
Todo o peso do gado.
Na obra do carpinteiro,
Engenheiro, serralheiro,
Na extensão de um cercado.

Onze por quinze é exato,
O tamanho do cordel.
A matemática é exata,
É cem por cento fiel
Ela segue cada passo,
O arremesso do laço,
O giro do carrossel.

Trezentos e sessenta metros
É o perímetro ideal.
Num campo de futebol,
É tamanho essencial.
Se não for essa a medida,
Pode vaiar, a torcida:
Esse campo é ilegal.

Estão, pesos e medidas,
Constantes no que se faz.
Desde a altura da mesa
A um botijão de gás,
Deles não escapa nada,
Do milímetro à tonelada
Têm seus valores reais.

A ideologia das coisas
Não deixa você fugir.
Da forma que vai nascer,
Do que vamos possuir,
Do que vamos comparar:
Tudo o que a terra gerar
Ou o que vamos construir.

Uma dúzia de laranjas,
Quatro quilos de feijão,
Cinco metros de tecido:
Dois de jeans, três de algodão.
Como dizia vovó:
"Cem gramas de ouro em pó
Alegram qualquer cristão".

Conheça o metro cúbico
Respeite o metro quadrado
Dez gotas de aspirina
Quando estiver resfriado.
Seja bom aluno, então
Pra sua avaliação
Não lhe deixar reprovado.

Eis aqui a alavanca
Para que mova essa vida
Pese, meça e compare
A coisa em pé ou caída,
Faça tudo ao seu estilo,
Em litro, metro ou quilo:
Não perca esta corrida.

Brinquei com a matemática
Para você entender
Que ela em nossas vidas
Nos ajuda a resolver
Os nós desse dia a dia
A matemática nos guia
E nos ajuda a vencer.

Aqui termino esse toque
Que eu tinha para te dar.
Não despreze a matemática,
Comece a lhe respeitar.
E vê se você se toca,
Pois a matemática foca
Tudo que você pensar.

O EDUCADOR PAULO FREIRE

O EDUCADOR PAULO FREIRE

A meta deste cordel
Que vou lhe apresentar
É divulgar Paulo Freire,
Seu dom de alfabetizar.
Ir reto sem fazer dobra
Mostrando a vida e a obra
De quem viveu pra ensinar.

Freire nasceu em Recife,
Bairro de Casa Amarela.
Iniciou seus estudos
De uma forma pura e bela
Com os pais a lhe ensinar,
Ele aprendeu a cruzar
A imensa passarela.

Escrevendo com gravetos
Sob os galhos de mangueira,
Riscando à sombra da árvore
Na infantil brincadeira
De riscar o seu torrão,
Assim nasce afinação
Da educação brasileira.

Mil novecentos e vinte
E um, o fato se deu,
Dezenove de setembro
Dia e mês que aconteceu.
Merecendo uma sonata,
Pois foi aí nessa data
Que Paulo Freire nasceu.

Mas os olhos do destino
Miram outra direção,
A família empobrecida
Não teve outra opção,
Por causa desta mazela,
Deixou o Casa Amarela
E foi pra Jaboatão.

Agraciado com bolsas,
De estudar não parou.
Mas veio a morte do pai
Que muito lhe abalou.
Este momento inclemente,
De maneira inteligente
Paulo Freire superou.

Ainda na adolescência
Resolveu ir trabalhar.
Aos seus dezessete anos
Ele já foi lecionar
E com muita lucidez,
Em aulas de português
Começa a se projetar.

Ao fazer vinte e dois anos,
Comemorou satisfeito.
Na faculdade, em Recife,
Ele passou em direito,
Por sua sabedoria,
Paulo Freire adquiria
Prestígio e muito respeito.

Formou-se advogado
E não quis seguir carreira,
Pois ainda procurava
Sua lida verdadeira.
Só se deu por satisfeito
Quando encontrou-se no pleito
Da educação brasileira.

Em pouco tempo, já era
Doutor em filosofia,
História da educação,
Aos poucos o mundo via
Que Freire alfabetizava,
Que Freire concretizava
Ilusão, sonho, utopia.

"Pedagogia do oprimido"
Foi a gota no oceano.
Era a prova que no Método
Nunca existiu engano,
Mas despertou no Brasil
O olho opressor e vil
Do tal regime tirano.

Alfabetização como
Prática de liberdade
Para que homem e mulher
Alcancem dignidade;
E colham da educação
Uma eterna produção
Dos grãos da prosperidade.

Chegou a ser preso pela
Ditadura militar.
Causa de sua prisão,
Querer alfabetizar,
Usando seu método novo
De ensinar para o povo
Viver melhor e pensar.

Pra não encontrar a morte
Teve que se ausentar,
Na embaixada da Bolívia
Onde foi se abrigar,
Assim que havia chegado
Teve um golpe de Estado
E lá não pôde ficar.

Em Santiago do Chile,
Com a família morou,
Foi consultor da Unesco
Na educação trabalhou,
Para o bem daquela gente,
Sua lúcida semente
Ali também semeou.

Do Chile foi para Harvard,
Onde dez meses ficou,
Era década de setenta,
Este convite aceitou.
Foi mais uma empreitada
Que o mestre e camarada
Honradamente abraçou.

Foi em Genebra – Suíça
Consultor especial.
E sempre priorizando
A área educacional.
Entre as diversas pelejas,
Era essa a das Igrejas
Do Conselho Mundial.

E por essa atividade
Ele cruzou continentes:
Informando, educando,
Fazendo povos contentes.
Por onde o mestre passava
Sabiamente espalhava
Suas frutíferas sementes.

Enquanto ele educava
O povo do estrangeiro,
Ainda não se achava
Homem feliz por inteiro,
Por não alfabetizar,
Educar, humanizar
O seu povo brasileiro.

Chegando setenta e nove,
Já dentro da transição,
O professor Paulo Freire
Sentiu profunda emoção:
A luta o recompensou
E assim, o mestre voltou
Para os braços da nação.

Transbordante de alegria,
Nesta terra ele chegou,
Lançou-se de corpo e alma
Na causa que tanto amou;
A meritória missão,
Sua maior vocação
No seu país propagou.

Em duas universidades
Começou a trabalhar,
E mais outra empreitada
Estava a lhe esperar,
Na capital bandeirante
Num desafio importante
Ele iria se empenhar.

Reatou os movimentos
De educação popular,
O método Paulo Freire
Conseguiu se afirmar,
Jovens e adultos buscaram,
Tenazmente proclamaram
O aprender e ensinar.

Era Luiza Erundina
Na São Paulo a prefeita
Que convidou Paulo Freire
Para uma nova empreita,
Freire o convite atendeu,
A cidade agradeceu
Alegre, bem satisfeita.

Jardineiro da utopia,
Nunca parou de regar:
Letras, sílabas, palavras,
E frases para educar.
Neste pesquisar profundo,
Várias linguagens do mundo
Adotou para ensinar.

Nesta vasta experiência
Aprendeu a aprender,
O universo das palavras
Desse infinito colher
Formas de alfabetizar,
Informar e propagar
O valoroso saber.

Fortalecendo, de fato,
Lições de cidadania
Para que homem e mulher
Alcancem autonomia;
Com muita vitalidade,
Construam felicidade
Nas bases do dia a dia.

Os seus atos progressivos
Brilham sua trajetória!
Freire na educação
É patrimônio de glória.
Referência do educar
Do aprender, do ensinar,
Libertar, fazer história.

Sua vida, sua obra,
Sua intensa atuação,
Ele revolucionou
E causou fascinação.
Este grande educador
Foi sempre, com muito amor,
Mestre da educação.

Com mais de quarenta títulos
"Foram trinta e oito em vida".
Ele é nome de escolas,
Sua obra é traduzida
E bastante agraciada,
Respeitada, pesquisada,
Honradamente querida.

Hoje milhares de sites
Propagam o seu legado,
Sendo assim um brasileiro
Conhecido e laureado.
Prêmios internacionais
São seus referenciais
Para um mundo mais educado.

Pelo homem, e pela obra,
Freire é um menestrel,
Pra nós no céu e na terra
O mais honroso laurel.
Viva sua eterna glória!
E um pouco da sua história
Eu transformei em cordel.

ÁGUA, A MÃE DA VIDA

ÁGUA, A MÃE DA VIDA

Há alguns milhões de anos,
Nos confins da Antiguidade,
Comecei me empenhar
Plantando fertilidade.
Para dar mais vida à vida
Acionei a partida
Rumo à prosperidade.

E assim pronunciei
O nascer da natureza,
Verde, viva, perfumada,
Fluindo delicadeza
E junto evoluímos
Em prol do bem construímos
No mundo sua beleza.

Foram surgindo organismos
Após a minha chegada,
Coisas recebendo vidas
Da luz que, antes apagada,
Do mais pacato suspiro
Abandonam seu retiro
Partem pra viva jornda.

Ressuscitei o planeta,
Molhei, despetrifiquei,
Bilhões de unicelulares
Zelei, os alimentei
E, assim, logo em seguida,
Aos mistérios dessa vida
Então os presenteei.

Durante milhões de anos
Muitos seres se expandiram.
Os primeiros vegetais
Vidas próprias adquiriram
Em vales, pântanos, serras,
Nas mais diferentes terras
As árvores evoluíram.

Eu segui erguendo os trilhos
Para o trem da evolução,
Orientei os mamíferos
Para a peregrinação,
Por ser mais inteligente,
O homem segue na frente,
Alcança a dominação.

Eliminei o calor
Porque a terra era brasa,
Tenho sido para os vivos
Pé, o chão, o ar e a asa,
O seu trabalho e leito,
Os olhos, o colo, o peito,
Sua estrada e sua casa.

As alterações do tempo
Não mudam meu estado:
Sigo sempre germinando,
Desde remoto passado.
Meu líquido fenomenal
Ainda permanece igual,
Nada em mim foi alterado.

Sigo todas direções
A molhar, a semear,
Vou fertilizando a terra
Pra que possa fecundar.
Com esse meu ritual,
A minha força vital
Nunca parou de pulsar.

Estou nas veias da terra
No vento, no céu, no ar,
Nos lagos, rios e mangues
Na energia solar
E nos reinos: Animal,
Vegetal e Mineral,
A plantar, a semear.

Fazendo resplandecer
Todas coisas naturais,
Sou a grande protetora
Das plantas, dos animais.
Do passado ao presente
Velando luzentemente
As riquezas minerais.

Porque sendo a mãe da Terra,
Nos mares sou salgada.
Através de um fenômeno
É que sou evaporada.
No processo definido
O meu sal é dissolvido
E me deixa adocicada.

E com a ajuda dos lagos,
Rios, da pele animal,
Da respiração humana
E do reino vegetal,
Surge uma agregação
Para a evaporação
E a eliminação do sal.

Eu estou na produção
De toda agricultura,
No processo industrial,
Eixo da policultura,
No barro pronto pra telha,
No chá, no mel da abelha
Em fruta, carne, verdura.

No soprar dos ventos úmidos,
Faço chover à vontade
E vou florindo sertões,
Limpando toda cidade,
Já nasci com esse dom
De gerar tudo de bom,
De suprir necessidade.

Mas para eu continuar
Sendo a fonte da vida,
Mereço todo cuidado,
Não devo ser agredida,
Jogada, desperdiçada,
Nem mesmo contaminada,
Não posso ser poluída.

Suja, não posso seguir
Minha divina missão,
De molhar o pó da terra,
Quem é que produz o pão
Para o velho e o novo
Para que todo seu povo
Tenha mais sustentação.

Crescimento demográfico,
Poluição industrial,
A queima descontrolada
Da reserva ambiental,
Extração de minerais
O fim dos mananciais
Tiram meu poder vital.

Captação discriminada,
Bombeamento, drenagem,
As perfurações de poços,
As construções de barragem
De forma incoerente
Destroem o ambiente
E só trazem desvantagem.

Estou no olhar dos vivos,
Não devo ser destruída,
Nasci para ser de todos
A sustentável guarida.
Você, me economizando,
Só estará alongando
Todos caminhos da vida.

Pra isso, tome cuidado
Quando for se barbear:
Não deixe a torneira aberta
Sempre a me derramar.
Eu preciso ser zelada,
Guardada, economizada,
Pra poder lhe ajudar.

Quando for lavar o carro,
Use balde e não mangueira,
E na calçada a vassoura
Tira melhor a sujeira.
E todo nosso ambiente
Agradece fielmente
Por sua boa maneira.

Use o vaso sanitário
Para o que ele foi feito,
Não faça dele lixeira
Isso é falta de respeito!
Cada caso, uma ação:
Quem tem lúcida razão
Tenta fazer o perfeito.

Cuidado com a torneira,
Para não ficar pingando!
Quando for regar as plantas,
Não vá me extraviando.
De forma bem-sucedida,
Eu cuido da sua vida,
Por isso estou te cobrando.

Pense num breve futuro:
Quando lavar a calçada,
Tomar banho, lavar carro,
Sempre que eu for ser usada
Tente me economizar,
Tente não me extraviar,
Preciso ser preservada.

Eu sou a sustentação
De toda prosperidade,
A navegação da vida,
Fundamentabilidade
De quase todas razões,
De todas as emoções,
Da essencialidade.

Estou em tudo e em todos,
A sede e a fome eu mato.
Seja no homem, no boi,
No elefante, no rato,
Eu estou na tua veia,
No sabor da tua ceia,
No teu copo, no teu prato.

Sou a água prometida,
A essência da limpeza,
Sigo firme semeando
As sementes da certeza.
Sigo molhando, plantando,
Florindo, frutificando
Os campos da natureza.

Nasci pra servir a todos
De forma civilizada;
Eu não devo ser vendida
Nem também contaminada,
Pra correnteza da vida
Ser sempre bem-sucedida,
Não me deixem acorrentada.

Tiro sede, mato a fome,
Dou conforto, sou morada
E dou a certeza plena
Da proteção esperada.
De modo mais acessível,
Fui e sou combustível
Pra toda e qualquer jornada.

Já disse: sou mãe da terra,
Sou o ponto de partida
Alma de todos os vivos,
Sou a água, prometida,
Gero saúde, lazer,
Força, trabalho, prazer,
Sou mola mestra da vida.

Sou a mão semeadora
Da pastagem, da beleza,
Sou o coração pulsante
No peito da natureza,
Eu sou o único gás
Com substância capaz
De manter a vida acesa.

A FONTE DA JUVENTUDE

A FONTE DA JUVENTUDE

Peço a proteção Divina,
A sua Santa Benção,
Pra luz da sabedoria
Que conduz em sua mão,
Focar toda claridade,
No centro da habilidade
Da minha imaginação.

Quero falar de saúde,
De esporte e de lazer.
Três molas que nos sustentam
E nos ajudam a tecer
Uma vida equilibrada,
Prazerosa, projetada,
Recheada de prazer.

Caminha a humanidade
Se a saúde existir.
Ela é uma das vertentes
Para o povo progredir;
Em cidades, campos, vales,
Chega afugentando os males
Pra alma humana sorrir.

Para a gente desfrutar
Dessa natural guarida,
Precisamos melhorar
A qualidade da vida.
Dela sentir o sabor,
O prazer e o amor,
Divinamente vivida.

Ela é nosso guarda-sol,
Guarda-costa, guarda-chuva.
Nos dá estabilidade
Na mais perigosa curva.
Digo com exaltação,
Se a gente fosse uma mão,
Era a saúde, uma luva.

Uma nutrição sadia
Pode nos fortalecer,
Protege contra doenças,
Faz o bem prevalecer.
Com vigor, com harmonia,
Temos a cada novo dia
Mil motivos pra viver.

Para uma vida melhor
Tome certa decisão,
É preciso investir
Em cultura, educação.
Não desistir de buscar
Mil motivos pra sonhar,
Vivendo com os pés no chão.

Pra vida ter qualidade,
Trazer sua projeção,
Transforme o sacrifício
Num mar de satisfação.
More num bom ambiente
E se possível, ausente
De caos e poluição.

Só na vida prazerosa
É que podemos sentir
O desejo de amar,
De conversar, de sorrir;
De viver em união,
Com lucidez e razão,
Brincar e se divertir.

Ter trabalho que permita
Um bem-estar permanente,
Que exista estabilidade
No futuro, no presente.
Estrutura positiva,
Uma amizade afetiva
Gente precisa ser gente.

Vá correr, andar, nadar.
O corpo é o seu transporte.
Para tê-lo preparado,
Não espere pela sorte,
Mantenha sua escalada,
Dance, faça caminhada;
Se divirta, faça esporte.

Isso ainda não é tudo,
Seja bem mais abrangente.
Um atendimento médico,
Correto e eficiente;
Pois isso pode evitar
De você se transformar
Numa pessoa doente.

Não esqueça da vacina
Ou exame preventivo.
Seja com sua matéria,
Disciplinado, afetivo.
Saúde é, com certeza,
Um sopro da natureza
De tudo que é positivo.

Nem olhe para a garagem
Quando for à padaria.
Esqueça as comodidades
Que surgem no dia a dia,
Ponha seu corpo em ação
Se você fez opção
Por uma vida sadia.

Não use a internet
Pra fazer supermercado,
Esqueça o mundo on-line
Esteja exercitado.
No que eu digo tenha fé
Caminhando um pouco a pé
Lhe trará bom resultado.

Até mesmo em nossas casas
Há peças de escravidão:
O controle do CD,
Do vídeo e televisão;
Que lhe faz acomodado,
Como um doente deitado,
No sofá ou no colchão.

Mude o estilo de vida.
Viver não é vegetar.
Vida é algo que pulsa,
Com sede de conquistar.
Planta, colhe, movimenta,
Projeta, cria, inventa,
Viver é participar.

No prédio que você mora
Esqueça o elevador
E as escadas rolantes
Da estação, onde for…
Por uma vida sadia,
Há em tu mesmo um vigia,
O desperte, por favor!

Carnes, peixes, vegetais
Leite e seus derivados.
Em prol da sua saúde
Tenha todos os cuidados.
A vida nos traz tormentos,
Se não tivermos momentos
Para ela programados.

O corpo precisa estar
Em ótima capacidade,
Não ter a desnutrição
Nem a tal obesidade.
Só você pode sentir
E com postura suprir
A sua necessidade.

De manhã um bom café
Com frutas e cereais,
Pois a saúde reside
Nos corpos dos vegetais.
Descobri numa pesquisa
Que nosso corpo precisa
De alimentos naturais.

Evite bebida alcoólica,
Pois o vício não convém
Eu nunca ouvi falar
Que ele ajudasse alguém.
Numa vida bem vivida
Não precisa de bebida,
Você sabe muito bem.

Uns cinco copos de água
Beba em cada novo dia.
Essa bebida, sim, deixa
Sua vida mais sadia;
Te leva ao positivismo,
Deixando seu organismo
Numa perfeita harmonia.

Doce demais é veneno,
Por isso tome cuidado.
Cinco cafés no seu dia
Não beba nem amarrado.
Álcool, droga e cigarro,
Pra muitos, isso é um sarro;
Mas deve ser evitado.

Durma bem e não esqueça
De fazer meditação,
Isso contribuirá
Na sua disposição.
A saúde natural
É mais que especial,
Mas requer dedicação.

Com certeza a sua vida
Tem um significado,
Por isso zele por ela
Pra que seja contemplado.
Só basta você querer
Ter a paz e o prazer
Caminhando do seu lado.

Quem desfruta da saúde
Tem a visão positiva,
A linha do crescimento
Na direção progressiva;
Equilíbrio pessoal,
Com o profissional,
Fazendo ação coletiva.

Ter qualidade de vida
É ter direito a viver.
Sem medo, ansiedade,
Sem mágoa, sem padecer.
A vida é bem vivida,
Quando é vivida a vida
Com paz, saúde e prazer.

Ter uma vida sexual
Intensa e revigorante,
Que seja cada momento
Com emoção, o bastante
Pra relaxar corpo e alma,
Erotizando a calma,
Tornando a vida excitante.

A saúde está contida
Em tudo que é bem-estar
Harmonia na família
Deve sempre vigorar.
Não deixe a banalidade,
O *stress*, a ansiedade,
Tomar conta do seu lar.

A fonte da juventude
Está dentro de você,
Mas para banhar-se nela
Primeiro precisa crer
No que quer e no que faz;
Perceber que é capaz,
O resto é só exercer.

Preste muita atenção!
O poema não te ilude:
Seja bem disciplinado,
Usando essa virtude
Que estou a explicar
Você vai se renovar
Na fonte da juventude.

CRIANÇA, QUE BICHO É ESSE?

CRIANÇA, QUE BICHO É ESSE?

É o maior roedor,
É alta quando levanta;
Vista como preguiçosa
Ela só ronca, não canta.
Seu nome dá apelido,
Se tu não sabes, duvido!...
O nome dela é?... ANTA.

Vive pelos oceanos
Lá onde mora a sereia,
Navegando pelas águas
Ela não se aperreia.
O mar, sua passarela
Tão majestosa, tão bela...
Só pode ser a?... BALEIA.

Não tem nela pé nem mão,
Há bicho que tem de sobra;
Se arrasta pelo chão
Fazendo qualquer manobra.
Come rato, sapo, rã,
Tem muitas no Butantã...
O nome dela é?... COBRA.

Tira o "s", põe o "p",
O seu nome vira papo.
Sem o "sa" e com o "tra"
O bichinho é um trapo
Gosta muito de lagoa,
É tranquilo, numa boa...
Esse bicho é o?... SAPO.

É verde quanto a ramagem,
Anda nas árvores, no chão.
Tem vez que muda de cor
Para a sua proteção.
Como esse bicho é chamado?
Me responda com cuidado…
Ele é o?… CAMALEÃO.

Esse aqui todos conhecem,
Até nos presta socorro,
Protegendo nossa casa,
Mesmo que seja no morro.
Da casa é o guardião,
Inimigo do ladrão.
Nós chamamos de?… CACHORRO.

Este que pergunto agora
Rima com o astro Sol,
A carapaça que leva
Lhe serve até de lençol
Que também é sua casa,
Não voa, não bate asa…
Chamamos de?… CARACOL.

Este aqui gosta de lama,
Suja tudo, fuça o chão,
Sua carne é saborosa
No arroz ou no feijão.
Ronca se está comendo,
Ronca se está correndo…
Só pode ser o?… LEITÃO.

Quero que você me diga
E sem cometer engano;
Qual é o nome da ave
Que não é um pelicano,
Voa alto sobre o chão
Com um colorido bicão...
Esta ave é o?... TUCANO.

Este é bem mais esquisito
Que o crustáceo pitu.
Tem o seu nome composto
Por dois "tês", um "a", um "u",
Coberto por casca dura,
Essa estranha criatura...
É chamada de?... TATU.

Anda sempre em batalhão,
Parece não ter fadiga;
Dos donos de plantações
Às vezes é inimiga.
Ao contrário da cigarra
Só trabalha, não faz farra...
Me responda, é a?... FORMIGA.

Essa tem corpo malhado,
Parecendo uma tarrafa.
De todos os animais
Na estatura ela abafa.
Tem seis letras no seu nome,
A copa das árvores come...
Ela é a grande?... GIRAFA.

Tem pelo muito macio,
E o rabo bem curtinho,
Sua orelha é grandona,
É mimoso e espertinho.
É da mata e da lavoura,
Gosta muito de cenoura...
Esse é o lindo?... COELHINHO.

O que eu pergunto agora,
Perto dele, nunca chego,
Pois de cabeça pra baixo
Dorme no maior sossego.
Alguns de hábito vampiro,
Mesmo esquisito, admiro,
O chamamos de?... MORCEGO.

Quem é que anda pra trás
Em um perfeito manejo,
Vive pelos manguezais,
E sem perder o ensejo
Faz dos buracos da lama
Sua casa e sua cama...
Tem que ser o?... CARANGUEJO.

É o menor passarinho,
Mas um grande voador;
Todo multicolorido,
De irradiado esplendor,
Brilha igualmente um rubi,
No seu nome tem um "i"
Este é o lindo?... BEIJA-FLOR.

Ele é grande imitador,
Nem precisa muito ensaio.
Se você não responder
Eu aqui não fico, saio!
Tem as cores do Brasil
Louro, verde, azul anil…
Chamamos de?… PAPAGAIO.

Das florestas e savanas
É o maior habitante,
Se organiza em manada
E tem memória brilhante.
Em habitat natural,
Dentro do reino animal,
Se destaca o?… ELEFANTE.

É pequeno, malandrinho,
Também urbano e rural,
Chega até entrar em casa
Pulando pelo quintal,
Começa a brincar cedinho.
Quem é este passarinho?…
Só pode ser o?… PARDAL.

Seu couro vira sapato,
Bolsa, carteira e boné.
Que agride a sua espécie
Põe o mundo em marcha a ré;
Eu venho lhe convidar
Para a gente preservar
A vida do?… JACARÉ.

É o navio do deserto
Que não atraca no gelo,
E os povos das areias
Têm por ele muito zelo.
Culturalmente importante,
Esse animal tão possante,
Nós chamamos de?... CAMELO.

O referido animal
Faz assim: glu, glu, glu, glu.
Gira feito carrapeta,
É maior que o nambu.
Por um fato cultural
Sempre que chega o Natal...
Coitadinho do?... PERU.

Qual o mais forte felino
Que reina sobre esse chão?
Tem quatro letras no nome,
Muita determinação,
Mesmo sem coroa é rei;
Se tu não sabes, eu sei!
É o majestoso?... LEÃO.

Ela simboliza a paz
Não apenas pra quem tomba,
Suas penas brancas pedem
Que desativem a bomba.
Ave pacificadora,
Também grande voadora...
É conhecida por?... POMBA.

Ele é pequenininho,
E bonito e agitado
Estava em extinção
Mas já foi recuperado.
Me responda com carinho
O nome do animalzinho…
É?… MICO-LEÃO-DOURADO.

Dá leite para crianças,
A ração come de saca.
E é um grande animal
Muito maior que a paca
Seu berro não é um urro,
Por vezes soa um esturro!…
Estou falando da?… VACA.

É uma ave vaidosa,
Cheia de ostentação
Sua cauda até parece
Como um leque de mão.
As penas desse animal
Desfilam no carnaval…
Só pode ser o?… PAVÃO.

Uma ave de rapina
Do tamanho do peru,
Se alimenta dos mortos,
Seja boi, jia ou tatu,
Ele quem faz a limpeza
E o reino da natureza
Precisa do?... URUBU.

Quem é que tem sete vidas
Conforme fala o boato?
É um animal doméstico
Por isso a ele eu o acato
Bem mais rápido que o zorro,
Inimigo do cachorro...
Esse felino é o?... GATO.

Está na Bíblia Sagrada,
Este animal de quem falo.
É quem manda no terreiro
Mas facinho de domá-lo,
Canta pra dizer a hora
Se tu sabes, diga agora...
Com certeza este é o?... GALO.

Quem é que fica na água,
Não é uma sanguessuga,
Às vezes vai para a terra
Toma sol e se enxuga;
Não tem mãos, tem nadadeiras
E nas terras brasileiras...
Seu nome é?... TARTARUGA.

Esse bicho é mais feroz
Que o próprio lobisomem,
Mata plantas e animais
Com os seus pares consomem,
É o único ser pensante
Mas vacila a todo instante...
Nós o chamamos de?... HOMEM!

COSTA SENNA é de Fortaleza, viveu parte de sua infância e adolescência no Choró, também conhecido como Choró Limão, que, na época, fazia parte do Sertão Central de Quixadá. Ingressou na arte em 1980, atuando em peças teatrais; em 1990, muda-se para São Paulo e torna-se um dos precursores da nova face da literatura de cordel. Escreveu diversas obras como *Jesus brasileiro* (em parceria com Marco Haurélio), *As lágrimas de Lampião*, *Sem fumaça: São Paulo sobre os trilhos*, *Cante lá e cante cá*, entre outras.

Cantor e compositor, com vários álbuns gravados, Costa Senna funde o universal ao regional, com influências como Luiz Gonzaga, Raul Seixas, Alceu Valença, o rap urbano e o repente dos grandes cantadores nordestinos. Atualmente, desenvolve um show composto por cordel, contação de histórias, músicas, brincadeiras, trava-línguas, levando informações que fortalecem o conhecimento dos estudantes, educadores e apreciadores da nossa cultura.

É um dos poetas pioneiros na utilização de temas ligados à educação na literatura de cordel. Recebeu da Câmara de Vereadores de São Paulo o título de cidadão paulistano em maio de 2008. É um dos fundadores e curador do Sarau Bodega do Brasil desde 2009, tendo sido um dos representantes do Brasil na 40ª Feira Internacional do Livro de Buenos Aires em 2014.